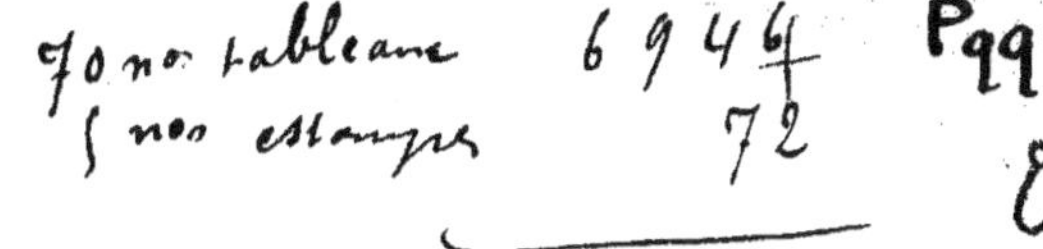

COLLECTION DE Mme BOB-VALTER

Dessins et Peintures

PAR

CARAN D'ACHE

FORAIN

ET DIVERS ARTISTES

Eaux-Fortes, Drapeaux, Armures

AMEUBLEMENT, TAPIS D'ORIENT

M^e ORY	**M. B. LASQUIN**
COMMISSAIRE-PRISEUR	EXPERT
Rue Bergère, 18	Rue Laffitte, 12

PARIS — 1894

IMPRIMERIE MAULDE et RENOU

A. MAULDE & Cⁱᵉ

IMPRIMEURS DE LA COMPAGNIE DES COMMISSAIRES-PRISEURS

Rue de Rivoli, 144

CATALOGUE

DE

DESSINS ET PEINTURES

PAR

CARAN D'ACHE

FORAIN et divers Artistes

EAUX-FORTES

Drapeaux, Armures, Faïences

AMEUBLEMENT, TAPIS D'ORIENT

DÉPENDANT DE LA COLLECTION DE

Mme BOB-VALTER

DONT LA VENTE AURA LIEU

HOTEL DROUOT — SALLE N° 10

Le Samedi 9 Juin 1894, à deux heures

Par le ministère de M^e **ORY**, Commissaire-Priseur
rue Bergère, 18

Assisté de **M. LASQUIN**, Expert, rue Laffitte, 12

CHEZ LESQUELS SE TROUVE LE PRÉSENT CATALOGUE

EXPOSITION PUBLIQUE

Le Vendredi 8 Juin 1894, de 2 heures à 5 heures

PARIS — 1894

CONDITIONS DE LA VENTE

—

Elle sera faite au comptant.

Les Acquéreurs paieront CINQ POUR CENT en sus des enchères.

A MAULDE et Cⁱᵉ, imprimeurs de la Cⁱᵉ des Commissaires-Priseurs, rue de Rivoli, 144   300—43110

PEINTURES

PAR

CARAN D'ACHE

1 — Charge de Cavalerie.

Peinture en camaïeu. Signée et datée de 1889.

Toile : H. 1^m75 ; L. 2^m10.

2 — Le Champ de Bataille.

Peinture en camaïeu. Signée et datée de 1889.

Toile : H. 1^m75 ; L. 2^m10.

3 — Le Salut au Drapeau.

Peinture en camaïeu. Signée à gauche.

Toile : H. 1^m75 ; L. 2^m10.

4 — Charge de Cuirassiers à Wattignies.

Peinture en camaïeu. Signée et datée de 1889.

Toile : H. 1^m75 ; L. 2^m10.

5 — L'Armée de Sambre-et-Meuse.

Peinture. Signée et datée de 1889.

Toile : H. 1^m75 ; L. 2^m10.

6 — La Retraite sous la pluie.

Peinture en camaïeu. Signée à droite.

Toile : H. 1^m75 ; L. 2^m10.

7 — Artillerie allemande.

Étude peinte.

DESSINS

PAR

CARAN D'ACHE

8 — Napoléon sur un champ de bataille. *(dernier dessin)*
Croquis au crayon.

9 — Cavalier cosaque.
Plume et Aquarelle.

10 — Grenadiers autrichiens.
Croquis.

11 — Hussard à Wattignies.
Étude au crayon.

12 — Cavaliers de Fontenoy. *Gallois*
Étude au crayon.

13 — Cavaliers, de face, à Wattignies.
Croquis.

14 — Un Escadron à Wattignies.
Croquis.

15 — Officier autrichien à Wattignies.
Croquis au crayon.

16 — Officier autrichien à Wattignies.
Croquis au crayon.

17 — Officier autrichien à Wattignies.
Croquis au crayon.

18 — **Accident.**

« Tu sais le malheur qui frappe le petit d'Estrillé.
« Il est mort ?.....
« Non, il a enlevé ma femme. »

Plume et Aquarelle.

19 — **Aide-Mémoire.**

— Sergent-major, vous ai-je dit de présenter Gaudiveau au rapport ?
— Mon capitaine... J'ai oublié...
— Sergent-major, lorsqu'on est aussi borné, on fait comme moi, on inscrit tout sur un bout de papier.

Dessin à la plume.

20 — **Convoitise.**

Dis donc, eh ! Loriquet !...
T'aurais pas son frere ?...

Dessin à la plume.

21 — **Un Vol dans l'antiquité.**

Dessin à la plume.

22 — **Air d'Opéra.**

Laisse-moi contempler ton visage !...
(Faust, acte II, scene v.)

Plume.

23 — **La Boxe chez soi.**

Sujet humouristique en douze croquis à la plume.

24 — **Le Télégraphe au désert ; Souvenir de voyage.**

Plume.

25 — **Le Départ du Condamné.**

Suite de quatre croquis à la plume.

26 — **L'Attaque nocturne.**

Croquis à la plume.

27 — **L'Attaque nocturne.**

(Plume) ?

28 — Un Duel sous la Restauration.
Dessin à la plume.

29 — Appartement à louer.
Suite de trois croquis à la plume.

30 — Le Peintre.
Sujet en six feuilles à la plume, dans le même cadre.

31 — Le Flirt.
Sujet en quatre feuilles dans le même cadre.

32 — Nouveau genre de Duel.
Dessin à la plume.

33 — L'Engagé conditionnel : Le Premier Salut.
Plume.

34 — Chez le Coiffeur.
Plume.

35 — Hiérarchie militaire.
Suite de sept croquis en trois feuilles.
Plume.

36 — Leçon de Piano.
Plume.

37 — Le gros Paquet.
Scène militaire en deux dessins à la plume.

38 — Histoire sans paroles.
Suite de quinze dessins à la plume.

39 — La Chasse au Tigre à Batignolles.
Suite de six croquis.
Plume.

40 — Souvenirs de l'Exposition.
Suite de vingt sujets sur une feuille.
Plume.

52 50

8 0 41 — Un Accueil glacial.

    Drame en vingt tableaux. Personnages : un critique, un poète, un domestique.

    Plume.   200

13 0 42 — Comment Dumanet rend les honneurs.

    Dix croquis sur la même feuille.   200

82 43 — Une Lecture à la Comédie.

    Plume.   120

110 44 — Le Cheval de Cirque.   150

    Suite de quatre croquis à la plume sur la même feuille.

115 45 — Un Triomphe : Le Ténor.

    Suite de six dessins à la plume.   200

100 46 — Le bon Serpent.

    Suite de huit croquis sur la même feuille.   200

115 47 — Le Chien et la Sentinelle.

    Suite de six croquis à la plume sur la même feuille.   200

155 48 — Souvenirs d'autrefois.

    Valse pour un cheval de cirque. Sujet en neuf tableaux.

    Plume.

140 49 — L'Héritage.

    Suite de huit croquis à la plume sur la même feuille.

35 50 — Illustration : L'École de Natation.

    Suite de douze croquis sur la même feuille.

    Plume.   100   *Jules Lecourt (?)*

35 51 — Illustration.

    Suite de douze croquis sur la même feuille.

    Plume.   100

6347

6 347

62   52 — Detaille et Meissonier.
Croquis à la plume.

20   53 — La Girafe. 5―
Plume.

12   54 — Le Général et les Phoques.
Dessin à la plume pour illustrations.

18   55 — Le Général et l'Ours blanc.
Plume. 5

50   56 — Le Général.
Plume.

60   57 — Résolution.
Plume. 100   le Cte de Berquier(?)

TABLEAUX ET DESSINS PAR DIVERS

FORAIN (J.-L.)

200   58 — Le Veuf.
Tableau ayant figuré au Salon de 1885. 2.000

FORAIN (J.-L.)

100   59 — Portrait de l'Artiste.
En buste de profil à droite.
Pastel.

FORAIN (J.-L.)

2   60 — (Un Dessin.) Gravure à la sanguine

3   61 — **Aelst** (Van). Vanitas vanitatum. (Dessin à la plume.) 2

8   62 — **Clift**. Paysage des bords de la mer. (Aquarelle.) 4

6.882

63 — **Clift**. Coucher de soleil. (Aquarelle.)

64 — **Houel**. Le Passage du gué, les Muletiers·
(Trait et Sépia.)

65 — **Trimont** (Ch.). L'Aumône. (Aquarelle.)

66 — **Van Inschoot** (1886). Garibaldi à cheval.

67 — **Vervloet**. Venise. (Aquarelle.)

68 — **École française** (xviiie siècle). Paysage.
(Sépia.)

69 — **École italienne**. La Sainte Trinité. (Dessin
pour plafond.)

70 — **B.…** Venise. (Deux fac-simile d'aquarelles.)

71 — **Van der Straeten**. La Femme aux cerises.
(Buste terre cuite sur socle en bois noir.)

72 — **Villanis** (E.). Phrynée. (Statuette en plâtre.)

73 — Mascaron : Tête de chat en plâtre.

EAUX-FORTES MODERNES

74 — **Champollion** (D'après Jacquet). Le Menuet.
(Eau-forte avant la lettre.)

75 — **L. Flameng** (D'après Rembrandt). La pièce
aux cent florins. (Eau-forte avant la lettre.)

76 — **L. Flameng** (D'après Rembrandt). La Ronde
de nuit. (Eau-forte.)

77 — **Laguillermie** (D'après Velasquez). La Red-
dition de Bréda. (Eau-forte avant la lettre.)

DRAPEAUX ET ARMES

78-90 — Treize Drapeaux des régiments de France au xviiie siècle, Étendards, etc.

91 — Armure dite Maximilienne, style du xvie siècle, sur socle en bois.

92 — Armure gravée, style xvie siècle, socle en velours.

93-94 — Cuirasses de carabinier et de cuirassier, et deux Casques.

95-96 — Deux Boucliers et trois Lances formant panoplie.

97 — Deux Casques allemands.

98 — Trois Épées de combat.

AMEUBLEMENT ET OBJETS D'ÉTAGÈRE

99 — Buffet de style Renaissance d'aspect monumental, à trois étages en bois de noyer sculpté à médaillons, ornements, colonnettes, pilastres et galeries.

100 — Lit de milieu en bois de sycomore et sa literie.

101 — Deux Tables de nuit de même travail.

102 — Une Causeuse et deux Fauteuils, forme carrée, en bois de sycomore, garnis de soierie bleu clair à rayures.

103 — Bureau bonheur-du-jour en bois de rose, garni de bronzes, genre Louis XV.

104 — Table en vernis Martin.

105 — Piano en acajou de Roller et Blanchet.

106 — Petit Cartel Louis XVI, en bronze, modèle à guirlandes.

107 — Brasero japonais en métal, une petite bassinoire en cuivre.

108 — Deux petits Bustes en bronze : Royauté pleure, République rit.

109 — Vase en bronze japonais, un Seau en cuivre.

110 — Lustre à neuf branches, porte-lumières en porcelaine de Saxe à fleurs en relief et ornements rocaille.

111 — Deux Vases balustres en porcelaine marbrée.

112 — Vase à fleurs en faïence.

113 — Deux Vases en poterie de Satzuma, décor à fleurs et oiseaux.

114 — Deux Vases gargoulettes en poterie du Maroc.

115 — Petit Brûle-Parfums en Satzuma.

116 — Lampe en faïence avec abat-jour.

117 — Encrier en faïence italienne.

118 — Lampe en porcelaine du Japon.

119-120 — Une Cannette à bière, un Vinaigrier, un Pot à surprise, un Sabot en faïence, une Buire, une Bouteille Delft, un Vase laqué.

121 — Deux Lampes et deux Appliques en fer forgé.

122 — Plateau rond persan en cuivre gravé.

123 — Petit Lustre oriental.

124 — Petite Aiguière en cuivre rouge.

125 — Grand Tapis de Smyrne.

126-128 — Trois Tapis d'Orient.

129 — Trois Robes étoffe orientale.